Diogenes Taschenbuch 23688

de
te
be

Ray Bradbury

Das Weihnachtsgeschenk

und andere Weihnachtsgeschichten

Ausgewählt von Daniel Keel und Daniel Kampa

Diogenes

Das Weihnachtsgeschenk erschien
unter dem Titel *Das Geschenk* im Band
Medizin für Melancholie (Diogenes, 1981); *Der Wunsch* in
Lange nach Mitternacht (Diogenes, 1997);
Segne mich, Vater, denn ich habe gesündigt in
Die Laurel & Hardy-Liebesgeschichte (Diogenes, 1990);
Der Bettler auf der O'Connell-Brücke in
Die Mechanismen der Freude (Diogenes, 1985)
Umschlagillustration von Edward Gorey
Reprinted by permission of
Donadio & Olson, Inc.

www.diogenes.ch
80/08/36/1
ISBN 978 3 257 23688 0

Inhalt

Das Weihnachtsgeschenk 7
›The Gift‹,
deutsch von Margarete Bormann

Der Wunsch 12
›The Wish‹,
deutsch von Christa Schuenke

Segne mich, Vater, denn ich habe gesündigt 28
›Bless Me, Father, for I Have Sinned‹,
deutsch von Otto Bayer

Der Bettler auf der O'Connell-Brücke 38
›The Beggar on O'Connell Bridge‹,
deutsch von Peter Naujack

Das Weihnachtsgeschenk

Es war ein Tag vor Weihnachten, und noch während die drei zum Raumschiff-Flughafen fuhren, machten Mutter und Vater sich Gedanken. Es war das erste Mal, dass ihr kleiner Sohn in den Weltraum flog, das erste Mal, dass er überhaupt in ein Raumschiff stieg, und sie wollten, dass alles vollkommen war. Als sie am Zolltisch das Geschenk für ihn zurücklassen mussten, das nur wenige Gramm schwerer war, als die vorschriftsmäßige Gewichtsgrenze erlaubte, und auch den kleinen Baum mit den weißen Kerzen, fühlten sie sich um die ganze Weihnachtsfreude und um die eigene Liebe betrogen.

Der Junge erwartete sie im Abfertigungsraum. Während sie nach dem erfolglosen Zusammenstoß mit den interplanetaren Beamten auf ihn zugingen, flüsterten sie miteinander.

»Was sollen wir tun?«

»Nichts. Nichts. Was können wir tun?«

»Diese dämlichen Vorschriften!«

»Und er hatte sich so sehr einen Weihnachtsbaum gewünscht!«

Die Sirene heulte auf, und die Leute drängten sich in das Marsraumschiff. Mutter und Vater gingen schweigend am Schluss, ihren kleinen blassen Sohn zwischen sich.

»Ich werde mir schon etwas einfallen lassen«, sagte der Vater.

»Was...?«, fragte der Junge.

Das Raumschiff startete, und sie wurden kopfüber in den dunklen Weltraum geschleudert.

Das Raumschiff ließ Feuer zurück und die Erde, auf der man den 24. Dezember des Jahres 2052 schrieb; es schoss hinaus, dorthin, wo es keine Zeit gab, keinen Monat, kein Jahr, keine Stunde. Sie verschliefen den restlichen »Tag«. Um Mitternacht irdischer Zeit und nach den New Yorker Uhren wachte der Junge auf und sagte: »Ich möchte aus der Luke sehen.«

Es gab nur oben auf dem nächsten Deck eine Luke, ein ziemlich großes »Fenster« mit einer Scheibe aus ungeheuer dickem Glas.

»Jetzt noch nicht«, sagte der Vater. »Ich nehme dich später mit hinauf.«

»Ich möchte sehen, wo wir sind und wohin wir fliegen.«

»Ich möchte aber aus einem bestimmten Grund, dass du noch wartest«, sagte der Vater.

Er hatte wach gelegen, sich von einer Seite auf die

andere gedreht und an das zurückgelassene Geschenk gedacht, an das bevorstehende Weihnachtsfest, den verlorenen Baum mit den weißen Kerzen. Endlich, vor fünf Minuten, hatte er sich aufgerichtet und glaubte nun einen Plan gefunden zu haben. Er brauchte ihn nur auszuführen, damit die Reise wirklich schön wurde.

»In genau einer Stunde ist Weihnachten, mein Sohn«, sagte der Vater.

»Oh«, sagte die Mutter, entsetzt darüber, dass er das Fest erwähnte. Sie hatte gehofft, der Junge würde es vergessen.

Das Gesicht des Jungen rötete sich wie im Fieber, und seine Lippen zitterten. »Ich weiß, ich weiß. Ich kriege doch ein Geschenk, nicht wahr? Bekomme ich einen Baum? Ihr habt mir versprochen…«

»Ja, ja, du bekommst sogar noch mehr«, antwortete der Vater.

»Aber…«, begann die Mutter.

»Es ist mein Ernst«, sagte der Vater. »Du kannst dich darauf verlassen. All das und noch mehr, viel mehr. Entschuldigt mich jetzt. Ich komme gleich wieder.«

Er ließ sie ungefähr zwanzig Minuten allein. Als er wiederkam, lächelte er. »Gleich ist es so weit.«

»Darf ich deine Uhr halten?«, fragte der Junge. Er bekam die Uhr und hielt sie in der Hand, während der Rest der Stunde in Feuer und Stille und unmerklicher Bewegung verstrich.

»Jetzt ist Weihnachten! Weihnachten! Wo ist das Geschenk?«

»Hierher«, sagte der Vater, fasste den Jungen bei der Schulter und führte ihn aus dem Raum, durch einen Flur und eine schräge Treppe hinauf; seine Frau kam nach.

»Ich verstehe nicht«, sagte sie immer wieder.

»Du wirst schon verstehen. Wir sind da«, sagte der Vater.

Sie blieben vor der Tür einer großen Kabine stehen. Der Vater klopfte dreimal und dann zweimal, ein Signalzeichen. Die Tür öffnete sich, das Licht in der Kabine erlosch, und man hörte Stimmen flüstern.

»Geh hinein, mein Sohn«, sagte der Vater.

»Es ist so dunkel.«

»Ich halte dich an der Hand. Komm, Mama.«

Sie traten in den Raum, die Tür schloss sich hinter ihnen, und der Raum war wirklich sehr dunkel. Vor ihnen tauchte ein großes Glasauge auf, die Luke, ein Fenster, etwa einen Meter zwanzig hoch und einen Meter achtzig breit, durch das sie in den Weltraum hinausschauen konnten.

Der Junge erschrak.

Hinter ihm erschraken auch die Eltern, aber jetzt

fingen in der dunklen Kabine ein paar Menschen an zu singen.

»Fröhliche Weihnachten, mein Sohn«, sagte der Vater.

Die Stimmen sangen die alten, vertrauten Weihnachtslieder. Der Junge ging langsam vorwärts und presste dann sein Gesicht an das kalte Glas der Luke. Da stand er lange Zeit und schaute hinaus in den Weltraum, in die tiefe Nacht, in der zehn Milliarden hübsche weiße Kerzen brannten…

Der Wunsch

Draußen, vorm kalten Fenster, tuschelte der Schnee. Ein Wind aus dem Nirgendwo ließ das mächtige Haus ächzen.

»Was?«, fragte ich.

»Ich habe nichts gesagt.« Charlie Simmons stand hinter mir am Kamin und schüttete leise Popcorn in ein riesiges Metallsieb. »Kein Wort.«

»Verdammt noch mal, Charlie, ich hab dich doch gehört …«

Verwirrt sah ich zu, wie der Schnee auf ferne Straßen und kahle Äcker fiel. Es war so recht eine Nacht für Gespenster in weißen Gewändern, die am Fenster erscheinen und wieder verschwinden.

»Du bildest dir was ein«, sagte Charlie.

Tue ich das?, dachte ich. Hat denn das Wetter Stimmen? Gibt es eine Sprache der Nacht und der Zeit und des Schnees? Was passiert zwischen der Finsternis dort draußen und meiner Seele hier drinnen?

Denn dort im Dunkel schien just in diesem Moment, ungeleitet vom Schein des Mondes oder einer Laterne, ein riesiger unsichtbarer Taubenschwarm zu landen.

Und war es wirklich der Schnee, der da draußen tuschelte, oder war es die Vergangenheit, eine Wehe von altvertrauten Nöten und Sorgen, die sich zu Ängsten aufgetürmt hatten und nun endlich einen Ausdruck fanden?

»Gott, Charles. Gerade eben, ich könnte schwören, dass du gesagt hast…«

»Was soll ich gesagt haben?«

»Du hast gesagt: ›Wünsch dir etwas.‹«

»Das soll ich gesagt haben?«

Ich hörte sein Gelächter hinter mir, doch ich drehte mich nicht um. Ich schaute weiter in den fallenden Schnee und sagte ihm, was ich sagen musste: »Du hast gesagt: ›Heute ist eine besondere Nacht, eine gute, eine denkwürdige Nacht. Und darum musst du dir das Beste, Teuerste, Denkwürdigste wünschen, was du dir je im Leben gewünscht hast, aus tiefstem Herzen, und es wird dir gewährt werden.‹ Das hab ich dich sagen hören.«

»Nein.« Im Fensterglas sah ich, wie sein Spiegelbild den Kopf schüttelte. »Aber Tom, du stehst seit einer halben Stunde da und bist wie gebannt von dem Schnee. Das war das Feuer im Herd, das da gesprochen hat. Wünsche werden nicht wahr, Tom.

Aber …«, und hier hielt er inne und fügte dann einigermaßen verwundert hinzu: »Großer Gott, du hast tatsächlich etwas gehört, nicht wahr? Da. Trink.«

Das Popcorn war fertig. Er goss Wein ein, den ich nicht anrührte. Unaufhörlich fiel vorm dunklen Fenster in fahlen Schwaden der Schnee.

»Warum?«, fragte ich. »Warum sollte mir dieser Wunsch in den Sinn gekommen sein? Wenn du es nicht warst, was war es dann?«

Ja, in der Tat, was, dachte ich; was war dort draußen, und wer sind wir? Zwei Schriftsteller, spät, allein, mein Freund, mein Gast für diese Nacht, zwei alte Gefährten, die es gewohnt sind, viel über Gespenster zu reden und zu schwatzen, die mit den Jahren den ganzen gängigen spiritistischen Krimskrams durchprobiert haben: Alphabettafeln, Tarotkarten, Telepathie, den ganzen Plunder einer vertrauten Freundschaft, wenngleich allemal begleitet von Spötteleien, Witzen und lässigen Späßen.

Aber bei dem, was heute Nacht dort draußen los ist, dachte ich, da hört der Spaß auf, da vergeht einem das Lachen…

»Warum?«, sagte Charlie, der jetzt neben mir stand und Wein trank und bald die rot-grün-blauen Lichter am Weihnachtsbaum, bald meinen Nacken betrachtete. »Warum ein Wunsch in einer Nacht wie dieser? Nun, es ist die Nacht vor Weihnachten, nicht wahr? Noch fünf Minuten, dann ist Christus geboren. Christi Geburt und die Wintersonnenwende, beides in einer Woche. Diese Woche, diese Nacht, sie sind der Beweis dafür, dass die Erde nicht untergehen wird. Der Winter ist am Grunde angelangt, und nun geht es wieder aufwärts, dem Licht entgegen. Das ist doch etwas Besonderes. Das ist unglaublich.«

»Ja«, murmelte ich und dachte an die alten Zeiten, als den Höhlenmenschen das Herz stehenblieb, wenn der Herbst kam und die Sonne fortging, und als die Affenmenschen so lange schrien, bis die Welt sich herumdrehte in ihrem weißen Schlaf und die Sonne eines schönen Morgens früher aufstand und das Universum wieder einmal gerettet war, für eine kleine Weile. »Ja.«

»Na also...« Charlie hatte meine Gedanken erraten; er nippte an seinem Weinglas. »Christus ist seit jeher die Verheißung des Frühlings, oder nicht? Ausgerechnet in der längsten Nacht des Jahres hat die Zeit sich geschüttelt, und die Erde ist erschaudert und hat einen Mythos geboren. Und was hat der Mythos gekreischt? ›Prosit Neujahr!‹ Gott, ja, Neujahr ist nicht der erste Januar. Neujahr ist der Geburtstag von Jesus Christus. Sein Atem steigt uns in die Nase, lieblich wie Klee, und verheißt uns den Frühling, just in diesem Augenblick vor Mitternacht. Du musst tief einatmen, Thomas.«

»Halt den Mund!«

»Warum denn? Hörst du schon wieder Stimmen?«

Ja! Ich drehte mich um zum Fenster. In sechzig Sekunden brach der Tag der Geburt des Herrn an. Gibt es eine Stunde, die reiner, die einzigartiger wäre, dachte ich versonnen, um sich etwas zu wünschen?

»Tom …« Charlie packte mich am Ellbogen. Aber ich war weit fort und in der Tat sehr versonnen. Ist das eine besondere Zeit?, dachte ich. Wandeln in Nächten, da der Schnee fällt, heilige Geister umher und erweisen uns Gefälligkeiten in dieser Stunde, die uns so denkwürdig scheint? Wenn ich mir heimlich etwas wünsche, wird diese von Traumgedanken und alten Schneestürmen bevölkerte Nacht mir meinen Wunsch zehnfach erfüllen?

Ich schloss die Augen. Der Hals war mir wie zugeschnürt.

»Tu's nicht«, sagte Charlie.

Doch es bebte schon auf meinen Lippen. Ich konnte nicht mehr warten. Jetzt, jetzt, dachte ich, brennt ein fremder Stern in Bethlehem.

»Tom«, keuchte Charlie, »um Christi willen!«

Christus, ja, dachte ich und sprach: »Mein Wunsch ist, für eine Stunde heute Nacht …«

»Nein!« Charlie versetzte mir einen Schlag, damit ich den Mund hielt.

»… bitte, mach meinen Vater wieder lebendig.«

Da schlug die Uhr auf dem Kaminsims zwölfmal, und es war Mitternacht.

»Oh, Thomas …«, seufzte Charlie. Ermattet ließ er meinen Arm los. »Oh, Tom.«

Eine Schneewehe klirrte gegen das Fenster, blieb darauf liegen gleich einem Leichentuch und zerfiel nach und nach.

Die Haustür sprang weit auf.

Ein Schwall von Schnee brach über uns herein.

»Was für ein trauriger Wunsch. Und … er ist soeben wahr geworden.«

»Wahr?« Ich fuhr herum und starrte auf die offene Tür, die winkte wie ein Grab.

»Geh nicht, Tom«, sagte Charlie.

Die Tür fiel krachend ins Schloss. Draußen rannte ich los; o Gott, und wie ich rannte.

»Tom, komm zurück!« Die Stimme verhallte hinter mir im weißen Flockenwirbel. »O Gott, tu's nicht!«

Doch in dieser Minute nach Mitternacht rannte und rannte ich, wie von Sinnen, stammelnd, schreiend, dass mein Herz weiterschlagen soll, mein Blut kreisen, meine Beine rennen und nicht aufhören zu rennen, und ich dachte: Er! Er! Ich weiß, wo er ist! Wenn das Geschenk mein ist! Wenn der Wunsch wahr wird! Ich kenne seinen Aufenthalt. Und da begannen ringsum in der nächtlich-verschneiten Stadt die Weihnachtsglocken zu läuten, zu jubeln, zu brausen. Sie umkreisten mich, eilten dahin und trieben mich an, und ich schrie, den Mund voll Schnee, und erkannte den Wahnwitz meines Begehrens.

Dummkopf!, dachte ich. Er ist tot! Kehr um!

Doch was, wenn er lebt, eine Stunde heute Nacht, und ich ginge nicht hin, um ihn zu suchen?

Ich war aus der Stadt heraus, ohne Hut und ohne Mantel, aber ganz erhitzt vom Laufen; mein Gesicht war von einer salzigen Maske aus Reif überzogen, die unter dem Aufprall meiner Schritte zersprang und abbröckelte, während ich mitten auf einer leeren Straße dahinging und der fröhliche Glockenklang verwehte und verhallte.

Ein Windstoß fegte mich um eine letzte wüste Ecke, wo mich eine dunkle Mauer erwartete.

Der Friedhof.

Ich stand vor den schweren Eisengittern und schaute benommen hindurch.

Der Gottesacker sah aus wie die Ruinen einer vor Menschengedenken in die Luft gesprengten altertümlichen Festung, als lägen die Grabsteine tief unter einer neuen Eiszeit begraben.

Plötzlich waren keine Wunder mehr möglich.

Plötzlich war es einfach eine Nacht mit zu viel Wein, Gerede und Hokuspokus, und ich rannte ohne Grund, außer dass ich glaubte, wahrhaftig glaubte, ich hätte gespürt, dass etwas sich ereignete dort draußen in der schneetoten Welt…

Nun aber lastete der blinde Anblick jener unberührten Gräber und des unbetretenen Schnees so schwer auf mir, dass ich mit Freuden niedergesunken und selber dort gestorben wäre. Ich konnte doch nicht umkehren, zurück in die Stadt, und Charlie in die Augen sehen. Schon kam mir der Verdacht, das Ganze sei ein grausamer Streich, ein übler Trick von ihm, seine aberwitzige Gabe, die schrecklichen Nöte eines anderen zu erraten und damit zu spielen. Hatte er etwa doch hinter meinem Rücken geraunt, Versprechungen gemacht, mich zu diesem Wunsch gedrängt? Gott!

Ich berührte das mit einem Vorhängeschloss versehene Tor.

Was war hier? Nichts als eine steinerne Platte mit einem Namen und GEBOREN 1888, GESTORBEN 1957 – eine Inschrift, die selbst an Sommertagen nur schwer zu finden war, denn das Gras wuchs dicht, und eine dicke Laubschicht bedeckte die Stelle.

Ich ließ das Eisentor los und drehte mich um. Doch da, im nächsten Moment – mir stockte der Atem. Unfassbar! Ein Aufschrei des Entsetzens entfuhr meiner Kehle.

Denn ich hatte etwas gespürt, dort, jenseits der Mauer, nahe der kleinen, mit Brettern vernagelten Pförtnerloge.

Atmete da jemand leise? Ein gedämpfter Klagelaut?

Oder nur ein lauer Lufthauch?

Ich umklammerte das Eisentor und starrte hindurch.

Ja, dort. Eine kaum sichtbare Spur, als hätte sich ein Vogel niedergelassen und sei zwischen den begrabenen Steinen entlanggetrippelt. Einen Augenblick später, und ich hätte es für immer verpasst!

Ich schrie, ich rannte, ich sprang.

Ich war in meinem ganzen Leben, o Gott, noch nie so hoch gesprungen. Ich sprang über die Mauer und landete auf der anderen Seite, und ein letzter Schrei riss mir die Lippen auseinander. Ich kroch um das Pförtnerhäuschen herum.

Dort, im Schatten, im Windschutz, war ein Mann; er lehnte an einer Mauer, hatte die Augen geschlossen und die Hände über der Brust gekreuzt.

Ich starrte ihn fassungslos an. Wie von Sinnen beugte ich mich vor, um besser sehen zu können, um zu erkennen.

Der Mann war mir fremd.

Er war alt, sehr alt.

In meinem neuerlichen Entsetzen hatte ich wohl aufgestöhnt.

Denn nun hob der alte Mann die zuckenden Lider.

Es waren seine Augen, die mich ansahen und mich ausrufen ließen: »Dad!«

Ich stolperte zu ihm hin, wollte ihn ins düstere Licht der Laterne und des nachmitternächtlich fallenden Schnees zerren.

Von sehr weit weg, aus der verschneiten Stadt, hallte flehend Charlies Stimme: Nein, tu's nicht, lauf, renn weg. Alptraum. Halt.

Der Mann, der vor mir stand, kannte mich nicht.

Gleich einer Vogelscheuche, die den Wind vertreiben soll, suchte seine fremde und dennoch vertraute Gestalt mich mit ihren weißblinden, spinnennetzverhangenen Augen auszumachen. Wer?, schien er zu denken.

Und auf einmal entrang sich seiner Kehle die Antwort:

»...om!«, schrie er. »...om!«

Er konnte das T nicht aussprechen.

Aber es war mein Name.

Schaudernd, wie einer, der am Rande eines Abgrunds steht und Angst hat, die Erde könnte nachgeben und ihn zurückwerfen in die Nacht und ins Grab, griff er nach mir.

»...om!«

Ich hielt ihn fest. Er konnte nicht fallen.

Gefesselt in stürmischer Umarmung, unfähig, einander loszulassen, so standen wir da und wankten leise hin und her, seltsam, zwei Männer verschmolzen zu einem, in einer Wüste aus rieselndem Schnee.

Tom, o Tom, klagte er immer wieder mit brüchiger Stimme.

Vater, o mein lieber Papa, Dad, vermeinte ich zu sagen.

Der alte Mann erstarrte, denn wahrhaftig, erst jetzt schien er über meine Schulter hinweg die Steine, den verlassenen Gottesacker erblickt zu haben. Er keuchte, als ob er schreien wollte: Was ist das für ein Ort?

So alt sein Gesicht auch war, im Moment der Erkenntnis und Erinnerung welkten seine Augen, die Wangen, der Mund und wurden noch älter, und er sagte nein.

Er wandte sich mir zu, als ob er eine Antwort suchte oder einen Menschen, der über seine Rechte wachte, einen Beschützer, der mit ihm zusammen nein sagen könnte. Doch in meinen Augen stand nur die kalte Wahrheit geschrieben.

Nein, nein, nein, nein, nein, *nein*!

Die Worte schossen ihm aus dem Mund.

Doch er konnte das N nicht aussprechen.

»...ei...ei...ei...ei...ei...ei...!« Wie Trommelfeuer brach es aus ihm hervor.

Wie der Schrei eines verlassenen, bestürzten Kindes, das vor Angst pfeift.

Dann überschattete eine nächste Frage sein Gesicht.

Ich kenne diesen Ort. Aber *warum* bin ich hier?

Er umklammerte seine Oberarme. Er starrte hinab auf seine welke Brust.

Gott macht uns fürchterliche Geschenke, und das fürchterlichste von allen ist die Erinnerung.

Er erinnerte sich.

Und dann begann er langsam dahinzuschmelzen. Ihm fiel wieder ein, wie sein Körper verwelkt, wie sein schwaches Herz stehengeblieben, wie ein Tor zu ewiger Nacht krachend ins Schloss gefallen war.

Er stand ganz still in meinen Armen, seine Lider flackerten über den Dingen, die das groteske Mobiliar in seinem Kopf bildeten. Er musste sich die furchtbarste von allen Fragen gestellt haben: *Wer hat mir das angetan?*

Er schlug die Augen auf. Sein Blick traf mich wie ein Schlag.

Du?, fragte dieser Blick.

Ja, dachte ich. Ich war es, der sich gewünscht hat, dass du heute Nacht zum Leben erwachst.

Du!, schrien sein Gesicht und sein Körper.

Und dann, halblaut, die letzte bohrende Frage: »Warum…?«

Nun war es an mir, verdammt und zerrissen zu sein. Ja, wirklich, warum hatte ich ihm das angetan?

Wie hatte ich es nur wagen können, mir diese schreckliche, diese qualvolle Begegnung zu wünschen?

Was sollte ich jetzt anfangen mit diesem Mann, diesem Fremden, diesem alten, verwirrten, verängstigten Kind? Warum hatte ich ihn heraufbeschworen, bloß um ihn wieder zurückzuschicken in die Erde, das Grab und grausigen Schlaf?

Hatte ich auch nur eine Sekunde lang an die Konsequenzen gedacht? Nein. Es war die pure Unbesonnenheit gewesen, die mich wie einen tumben Stein zu einem tumben Ziel geschleudert hatte, fort aus meinem Heim, hinaus auf diesen Gottesacker. Warum? Weshalb?

Da stand mein Vater, dieser alte Mann, nun im Schnee und wartete zitternd auf meine erbärmliche Antwort.

Und ich, wieder Kind, brachte kein Wort heraus. Etwas in mir kannte eine Wahrheit, die ich nicht auszusprechen vermochte. Nach der Sprachlosigkeit, die zwischen uns geherrscht hatte, solange er lebte, sah ich mich jetzt, im Angesicht dieses wandelnden Leichnams, noch mehr mit Stummheit geschlagen.

Die Wahrheit raste mir im Kopf herum, schrie durch die Fasern meines Geistes und meines ganzen Seins und kam mir doch nicht über die Lippen. Ich fühlte Schreie, die in meinem Inneren gefangen waren.

Der Augenblick ging vorüber. Bald wäre diese eine Stunde vorbei. Dann hätte ich nie mehr Gelegenheit zu sagen, was gesagt werden musste, was hätte gesagt werden müssen, als er noch warm und auf der Erde war, vor so vielen Jahren.

Irgendwo, weit fort im Lande, schlugen die Glocken halb eins in dieser Nacht von Christi Geburt, und die Zeit verrann im Wind. Noch immer trieben mir die Schneeflocken ins Gesicht und die Zeit, die Splitter von kalter, kalter Zeit.

Warum?, fragten die Augen meines Vaters.

»Ich –«, doch mir stockte der Atem.

Denn seine Hand umfasste meinen Arm jetzt noch fester. Sein Gesicht gab sich selbst die Antwort.

Dies war auch für ihn die Gelegenheit, auch für ihn war es die letzte Stunde, um zu sagen, was hätte gesagt werden sollen, als ich zwölf oder vierzehn war oder sechsundzwanzig. Mochte ich auch dastehen und schweigen. Hier, im rieselnden Schnee, konnte er seinen Frieden machen und davongehen.

Sein Mund öffnete sich. Es fiel ihm schwer, furchtbar schwer, die alten Worte über die Lippen zu bringen. Nur der Geist in der welken Hülle konnte es wagen, sich zu widersetzen und zu keuchen. Er flüsterte drei Worte, die im Winde verwehten.

»Ja?«, drängte ich.

Er hielt mich fest und versuchte die Augen offen zu halten in der Schneesturmnacht. Er wollte schlafen, doch sein Mund sprang auf, und wieder und wieder stieß er hervor:

»Ich.........bbbe.........iiiiiich...!«

Er brach ab, zitterte, zermarterte sich den Leib und versuchte vergeblich, es zu rufen: »Ich......... bbbe.........ch...!«

»Oh, Dad«, rief ich. »Ich will es für dich sagen!«

Er stand ganz still und wartete.

»Wolltest du sagen: Ich – liebe – dich?«

»Aaaaa!«, rief er. Und dann brachte er es endlich ganz deutlich hervor: »O ja!«

»Oh, Dad«, sagte ich, außer mir vor Kummer

und vor Glück, vor so viel Gewinn und Verlust. »Oh, Papa, lieber Papa, und ich liebe dich.«

Wir fielen uns um den Hals. Wir hielten einander fest.

Ich weinte.

Und dann sah ich, dass auch mein Vater aus irgendeinem seltsamen, in seinem grausigen Fleisch verborgenen Quell Tränen hervorpresste, die zitternd und blitzend an seinen Lidern hingen.

Und so war die letzte Frage gestellt und beantwortet.

Warum hast du mich hierher gebracht?

Warum der Wunsch, warum die Geschenke und warum diese Schneenacht?

Weil wir, bevor die Türen für immer verschlossen und versiegelt blieben, sagen mussten, was wir im Leben niemals gesagt hatten.

Und nun war es gesagt, und wir standen in der Ödnis und hielten einander im Arm, Vater und Sohn, Sohn und Vater, die Teile des Ganzen, auf einmal austauschbar geworden in ihrer Freude.

Die Tränen auf meinen Wangen erstarrten zu Eis.

Segne mich, Vater, denn ich habe gesündigt

Es war am Heiligabend, als Pfarrer Mellon kurz vor Mitternacht wieder aufwachte, nachdem er erst ein paar Minuten geschlafen hatte. Ein sonderbares Gefühl drängte ihn, aufzustehen, hinzugehen und die Tür seiner Kirche zu öffnen, ganz weit, dass der Schnee hereinwehte, und sich dann in den Beichtstuhl zu setzen und zu warten.

Zu warten, worauf? Wer wusste das? Wer hätte es sagen können? Aber der Drang war so unglaublich stark, dass er sich einfach nicht verleugnen ließ.

»Was ist nur los?«, knurrte er leise vor sich hin, während er sich anzog. »Ich werde anscheinend verrückt. Wer will denn, wer muss um diese Zeit – und warum, zum Kuckuck, soll ich –«

Er zog sich dennoch an, ging dennoch hin, die Kirchentür zu öffnen, und stand ehrfürchtig vor dem herrlichen Kunstwerk da draußen, schöner als alle Bilder der Geschichte, einem Gobelin von Schnee, spitzendurchwirkt, der sich sanft über die

Hausdächer legte und den Laternen Mützen aufsetzte und die Autos, die geduckt am Straßenrand standen und auf den Segen warteten, mit Schals umwickelte. Der Schnee legte sich auf die Trottoirs, auf seine Lider, sein Herz. Er hielt unwillkürlich den Atem an ob der launischen Pracht, dann drehte er sich um und ging, von Schnee gefolgt, und suchte Zuflucht im Beichtstuhl.

Einfaltspinsel, schalt er sich. Närrischer Alter. Mach, dass du hier *rauskommst.* Geh wieder zu Bett!

Doch dann hörte er es. Ein Geräusch an der Tür, schlurfende Schritte auf dem Steinboden und endlich ein klammes Rascheln, als jenseits der Trennwand jemand im Beichtstuhl Platz nahm. Pfarrer Mellon wartete.

»Segne mich, Vater«, flüsterte eine Männerstimme, »denn ich habe gesündigt.«

Die Bitte kam so schnell, dass Pfarrer Mellon in der ersten Verblüffung nur erwidern konnte:

»Woher *wussten* Sie überhaupt, dass die Kirche offen ist und ich hier bin?«

»Ich habe gebetet, Hochwürden«, kam leise die Antwort. »Gott hat Sie geschickt, die Kirche aufzuschließen.«

Dagegen gab es nichts zu sagen, und so saßen der alte Priester und der hartgesottene alte Sünder, der er wohl war, ein paar lange Sekunden in der Kälte, während die Uhrzeiger gen Mitternacht rückten, und endlich wiederholte der Flüchtling aus der Finsternis:

»Segne den Sünder, Vater!«

Doch statt der üblichen Fragen und salbungsvollen Worte lehnte sich Pfarrer Mellon, während Weihnachten in Eile durch den Schnee nahte, ans Gitter und konnte sich nicht enthalten zu sagen:

»Es muss eine schlimme Sündenlast sein, die Sie mit sich herumtragen, wenn es Sie in einer solchen Nacht hinaustreibt auf eine unmögliche Mission, die dann doch noch möglich wurde, weil Gott Sie erhört und mich aus dem Bett gejagt hat.«

»Sie *ist* schlimm, Hochwürden. Sie werden sehen.«

»Dann sprich, mein Sohn«, entgegnete der Priester, »bevor wir beide hier erfrieren –«

»Nun gut –«, flüsterte die wintrige Stimme hinter der dünnen Trennwand. »Es war so – vor sechzig Jahren –«

»Sechzig?!«, rief der Priester. »Schon *so* lange her?«

»Sechzig!« Eine gepeinigte Stille folgte.

»Sprich weiter«, sagte der Priester, denn er schämte sich, weil er ihn unterbrochen hatte.

»In dieser Woche, vor sechzig Jahren«, sagte die

graue Stimme, »als ich zwölf war, bin ich mit meiner Großmutter zum Weihnachtseinkauf gewesen, in einem kleinen Städtchen im Osten. Wir mussten den ganzen Weg hin und zurück zu Fuß gehen. Wer hatte denn damals ein Auto? Wir gingen also zu Fuß, und als wir mit den Geschenkpaketen zurückkamen, hat meine Großmutter irgendetwas gesagt, ich habe längst vergessen was, aber ich bin wütend geworden und ihr fortgelaufen. Ich hörte sie von weitem nach mir rufen und dann ganz furchtbar schreien, ich soll zurückkommen, zurück zu ihr, aber ich wollte nicht. Schrecklich geheult hat sie, und ich wusste, dass ich ihr weh tat, worauf ich mir ganz stark und mächtig vorkam, und ich habe gelacht und bin nur noch schneller gerannt und war lange vor ihr zu Hause, und als sie ankam, hat sie gekeucht und geweint, als wollte sie gar nicht mehr aufhören. Da habe ich mich geschämt und bin weggerannt, um mich zu verstecken...«

Lange Stille.

»War es das?«, half der Pfarrer nach.

»Es ist eine lange Liste«, klagte die Stimme hinter der dünnen Wand.

»Dann sprich weiter«, sagte der Pfarrer mit geschlossenen Augen.

»So ähnlich habe ich es dann auch mit meiner Mutter gemacht, zu Silvester. Sie hat mich geärgert, da bin ich ihr fortgelaufen. Ich hörte sie rufen und habe nur gegrinst und bin noch schneller gelaufen. Warum? O Gott, warum?«

Der Priester wusste keine Antwort.

»War es das dann?«, fragte er endlich leise und fühlte sich seltsam angerührt von dem alten Mann hinter der Trennwand.

»An einem Tag im Sommer«, sagte die Stimme, »haben mich einmal ein paar Rabauken verprügelt. Als sie fort waren, sah ich auf einem Strauch zwei Schmetterlinge in inniger Umarmung, so schön! Mir war ihr Glück verhasst. Da habe ich sie gepackt und in meiner Hand zu Pulver zerrieben. Welche Schmach, Hochwürden!«

In dem Moment wehte ein Windstoß zur Kirche herein, und beide blickten auf und sahen in der Tür ein Weihnachtsgespenst aus Schnee umherwirbeln, das zu weißem Staub zerfiel und sich über das Pflaster verteilte.

»Das Schrecklichste kommt erst noch«, sagte der alte Mann aus dem Dunkel, wo er allein mit seinem Schmerz saß. Und er fuhr fort:

»Es war wieder in der Weihnachtswoche, und ich war dreizehn, als mein Hund Bo mir weggerannt und drei Tage fortgeblieben ist. Ich liebte ihn mehr als mein Leben. Er war ein besonderer Hund, so schön und treu. Und plötzlich war er fort, und alle

Schönheit mit ihm. Ich habe gewartet. Ich habe geweint und gewartet und gebetet, ich habe innerlich geschrien. Er würde nie, nie mehr wiederkommen, das wusste ich! Und siehe da, in der Heiligen Nacht, als es schneite und Schneematsch auf den Straßen lag und Eiszapfen von den Dächern hingen, da vernahm ich morgens um zwei ein Geräusch im Schlaf und erwachte davon, und dann hörte ich ihn an der Tür kratzen! Fast hätte ich mir das Genick gebrochen, so schnell war ich aus dem Bett. Ich riss die Tür auf, und da stand mein Köter, bibbernd und aufgeregt und völlig verdreckt. Mit einem Schrei habe ich ihn ins Haus gerissen, die Tür zugeschlagen, mich auf die Knie geworfen und ihn weinend umarmt. Welch ein Geschenk! Ich rief seinen Namen, immer wieder, und er weinte und jaulte und winselte mit mir vor Freude. Und plötzlich war es aus. Wissen Sie, was ich getan habe? Können Sie sich das Entsetzliche vorstellen? Ich habe ihn verprügelt. Ja, verprügelt. Mit Fäusten, Händen, Fäusten, Händen, und angeschrien habe ich ihn: ›Was fällt dir ein, mich zu verlassen, wie konntest du weglaufen, wie kannst du mir so etwas antun, wie konntest du nur, wie konntest du?!‹ Und ich habe ihn geprügelt, und geschluchzt, und geprügelt, bis ich nicht mehr konnte, weil ich sah, was ich getan hatte, und er stand nur da und ließ sich alles gefallen, als wüsste er, dass er es verdient hatte, denn er hatte mich enttäuscht, und jetzt enttäuschte ich ihn, und da ließ ich von ihm ab, in Tränen aufgelöst und halb erstickt, und packte ihn wieder und drückte ihn an mich, aber jetzt rief ich: ›Verzeih mir, Bo, bitte vergib mir! Ich habe es nicht gewollt. Bitte, Bo, verzeih …‹

Aber, Hochwürden, er konnte mir doch nicht vergeben! Wer war er denn? Ein Tier nur, ein Hund, mein Liebling. Und er hat mich mit großen dunklen Augen angesehen, dass es mir das Herz verschloss, und verschlossen ist es bis heute geblieben vor Scham. *Ich* konnte *mir* nicht vergeben! All die Jahre, immer wieder die Erinnerung an meinen Liebling und wie ich ihn enttäuscht habe, und jeden Heiligabend kommt seitdem sein Geist wieder, das ganze Jahr sonst nicht, aber jeden Heiligabend sehe ich wieder den Hund, höre die Schläge und weiß, wie ich mich versündigt habe. O Gott!«

Und schluchzend verstummte der Mann.

Endlich wagte der alte Pfarrer das Wort an ihn zu richten: »Und darum sind Sie jetzt hier?«

»Ja, Hochwürden. Ist es nicht schlimm, ist es nicht furchtbar?«

Der Pfarrer konnte nicht antworten, weil auch ihm die Tränen übers Gesicht liefen und aus unerklärlichen Gründen der Atem stockte.

»Werden Sie mir vergeben, Hochwürden?«, fragte der andere.

»Ja.«

»Wirst *du* mir vergeben, Vater?«

»Ja. Aber ich will dir zuerst etwas sagen, mein Sohn. Mir ist es auch so ergangen, als ich zehn war. Meine Eltern – natürlich. Aber dann – dann ist mein Hund, die Liebe *meines* Lebens, mir weggelaufen, hat mich einfach verlassen, und ich habe ihn gehasst dafür, und als er wiederkam, habe ich ihn genauso geherzt und geprügelt und wieder geherzt. Das habe ich bis heute Abend noch niemandem erzählt. All die Jahre habe ich die Schmach für mich behalten. Ich habe meinem Beichtvater immer alles gesagt. Aber das *nie.* Und darum –«

Stille.

»Und *darum,* Vater?«

»Ach Gott, ach Gott, guter Mann! Der Herr wird uns vergeben. Schließlich und endlich haben wir es bekannt, es ausgesprochen. Und ich, auch ich will dir vergeben. Aber abschließend –«

Der alte Pfarrer konnte nicht weitersprechen, denn die Tränen strömten ihm jetzt nur so übers Gesicht.

Der Fremde auf der anderen Seite ahnte es wohl und fragte sehr bedächtig: »Soll *ich dir* vergeben, Vater?«

Der Priester nickte stumm. Vielleicht fühlte der andere den Schatten des Nickens, denn er sagte rasch: »Nun denn – es *ist* vergeben.«

Sie saßen beide noch eine ganze Weile im Dunkeln, und wieder erschien ein Gespenst an der Tür und zerfiel zu Schnee und verwehte.

»Bevor Sie gehen«, sagte der Priester, »kommen Sie noch auf ein Glas Wein zu mir?«

Die große Uhr auf dem Platz vor der Kirche schlug Mitternacht.

»Es ist Weihnachten, Vater«, sagte die Stimme hinter der Wand.

»Die schönste Weihnacht aller Zeiten, glaube ich.«

»Die schönste.«

Der alte Priester stand auf und verließ den Beichtstuhl.

Er wartete kurz, ob sich auch auf der anderen Seite etwas bewegte.

Nichts zu hören.

Der alte Priester runzelte die Stirn, griff nach der Tür und öffnete sie, um in den Beichtstuhl zu sehen.

Nichts und niemand war darin.

Er riss den Mund auf. Schnee wehte ihm über den Nacken.

Er streckte die Hand aus und tastete in die Dunkelheit.

Der Beichtstuhl war leer.

Im Umdrehen starrte er zur Kirchentür, dann lief er hin und sah hinaus.

Schnee dämpfte die Schläge der fernen Uhren, die spät die Stunde verkündeten. Die Straßen waren menschenleer.

Als er sich wieder umdrehte, sah er den hohen Spiegel im Kircheneingang.

In dem kalten Glas spiegelte sich ein alter Mann, er selbst.

Fast ohne nachzudenken, hob er die Hand zum Segen. Das Spiegelbild tat es ihm gleich.

Da wischte der alte Pfarrer sich über die Augen, drehte sich noch ein allerletztes Mal um und ging den Wein holen.

Und draußen war Weihnachten, und Schnee, überall.

Der Bettler auf der O'Connell-Brücke

Ein Narr«, sagte ich. »Genau das bin ich.«

»Warum?«, fragte meine Frau. »Aus welchem Grund?«

Ich stand sinnend am Fenster unseres Hotelzimmers im zweiten Stock in Dublin. Unten auf der Straße ging ein Mann vorbei.

»Er«, murmelte ich. »Vor zwei Tagen...«

Als ich vor zwei Tagen die Straße entlangging, zischte mir jemand leise aus dem Durchgang neben dem Hotel zu: »Sir, es ist wichtig! Sir!«

Ich drehte mich dem Schatten zu. Dieser kleine Mann erklärte mir, in äußerst dramatischem Tonfall: »Ich könnte einen Job in Belfast haben, wenn ich nur ein Pfund für die Zugfahrkarte hätte!«

Ich zögerte.

»Einen ganz wichtigen Job!«, fuhr er rasch fort. »Wird gut bezahlt! Ich – ich schicke Ihnen das Geld mit der Post zurück! Nennen Sie mir nur Ihren Namen und Ihr Hotel.«

Er wusste also, dass ich Tourist war. Es war zu spät, sein Rückzahlungsversprechen hatte mich bewegt. Die Pfundnote knisterte in meiner Hand, herausgezogen aus mehreren anderen.

Die Augen des Mannes flogen darüber hinweg wie ein kreisender Habicht.

»Und wenn ich *zwei* Pfund hätte, also, dann könnt' ich unterwegs essen.«

Ich entfaltete zwei Scheine.

»Und mit drei Pfund könnt' ich meine Frau mitnehmen, bräucht' sie nicht hier allein zu lassen.«

Ich machte einen dritten locker.

»Ah, verdammt!«, rief der Mann. »Fünf, nur fünf armselige Pfund würden uns ein Hotel in dieser brutalen Stadt verschaffen und dafür sorgen, dass ich den Job ganz bestimmt bekäme!«

Was für ein eleganter Kämpfer er doch war, leichtfüßig, vor und zurück, hin und her tänzelnd, mit den Händen gestikulierend, mit flackernden Augen, lächelndem Mund und flinker Zunge.

»Der Herr segne Sie, vielen Dank, Sir!«

Und fort war er, meine fünf Pfund mit ihm.

Ich war halb im Hotel, ehe mir aufging, dass er, trotz all seiner Beteuerungen, nicht auf meinen Namen gewartet hatte. »Ha!«, schrie ich da.

»Ha!«, schrie ich jetzt, meine Frau hinter mir, am Fenster.

Denn dort unten ging genau der Bursche vorbei, der seit zwei Tagen in Belfast hätte sein sollen.

»Oh, *den* kenn ich«, sagte meine Frau. »Heute Mittag hat er mich angesprochen. Wollte Geld für die Eisenbahnfahrkarte nach Galway.«

»Hast du's ihm gegeben?«

»Nein«, antwortete meine Frau einfach.

Und dann geschah etwas ganz Unerhörtes. Der Bösewicht dort unten auf dem Trottoir blickte hoch, sah uns, und ich will verdammt sein, wenn er nicht *winkte*!

Ich musste mich zurückhalten, um nicht zurückzuwinken. Ein schwaches Lächeln umspielte meine Lippen.

»Es ist schon so schlimm, dass ich am liebsten im Hotel bleiben würde«, erklärte ich.

»Ja, es ist wirklich kalt draußen.« Meine Frau zog ihren Mantel an.

»Nein«, sagte ich. »Nicht die Kälte – *die* meine ich.«

Und wir schauten wieder aus dem Fenster.

Da war die kopfsteingepflasterte Straße, durch die der Nachtwind feine, rußgetränkte Feuchtigkeit trieb; in der einen Richtung führte sie zum Trinity College, in der andern zum St. Stephen's Green. Im Schatten neben dem Süßwarenladen standen zwei tief vermummte Männer. An der Ecke tastete ein einzelner Mann, die Hände tief in den Taschen vergraben, nach seinen leichenstarren Gebeinen, einen Maulkorb aus Eis als Bart im Gesicht. Ein Stück weiter hoch lag in einem Hauseingang ein Bündel alte Zeitungen, das wie eine Schar Mäuse raschelte und einem einen guten Abend wünschte, wenn man vorbeikam. Unten neben der Hoteltür stand eine fiebernde Treibhausrose von Frau mit einem geheimnisvollen Bündel im Arm.

»Oh, die Bettler«, sagte meine Frau.

»Nein, nicht bloß ›oh, die Bettler‹«, erwiderte ich, »sondern oh, die Menschen auf den Straßen, die irgendwie zu Bettlern geworden sind.«

»Das sieht aus wie im Kino. Als ob alle dort unten im Dunkeln auf den Auftritt des Helden warten.«

»Der Held«, sagte ich. »Das bin ich, verdammt!«

Meine Frau sah mich forschend an. »Du hast doch nicht etwa Angst vor ihnen?«

»Ja, nein. Verflixt. Diese Frau mit dem Bündel ist am schlimmsten. Sie ist eine regelrechte Naturgewalt. Überfällt dich förmlich mit ihrer Armut. Was die andern betrifft – also, das ist für mich jetzt wie ein großes Schachspiel. Wie lange sind wir schon in Dublin, acht Wochen? Seit acht Wochen sitze ich hier oben mit meiner Schreibmaschine, merke mir ihre Schichteinteilung. Wenn sie eine Kaffeepause machen, mache ich auch Pause und renne in den Süßwarenladen, die Buchhandlung, das Olympia-Theater. Wenn mein Timing stimmt, brauche ich kein Geld auszuteilen und nicht gegen den Wunsch anzukämpfen, sie zum Friseur oder in eine Imbissstube zu bringen. Ich kenne jeden geheimen Ausgang des Hotels.«

»Du meine Güte«, sagte meine Frau. »Du klingst aber gehetzt.«

»Bin ich auch. Aber am meisten von diesem Bettler auf der O'Connell-Brücke!«

»Von welchem?«

»Von welchem ist gut. Er ist ein Wunder, ein Schrecken. Ich hasse ihn, ich liebe ihn. Ihn zu sehen bedeutet, ihm zu misstrauen. Komm mit.«

Der Fahrstuhl, der schon seit hundert Jahren in seinem schmuddeligen Schacht spukte, kam schwankend himmelwärts geschwebt und zog seine gottlosen Ketten und abscheulichen Gedärme hinter sich her. Ausatmend öffnete sich die Tür. Der Fahrstuhl ächzte beim Einsteigen, als hätten wir ihm in den Magen getreten. Unter großem, gelangweiltem Protest sank der dienstbare Geist zum Erdboden zurück, wir in ihm.

Während der Fahrt sagte meine Frau: »Wenn du das richtige Gesicht machtest, würden die Bettler dich nicht belästigen.«

»Mein Gesicht«, erklärte ich geduldig, »ist mein Gesicht. Es stammt aus Apple Dumpling, Wisconsin, Sarsaparilla, Maine. ›Hundefreundlich‹ steht auf meiner Stirn geschrieben, deutlich für alle zu lesen. Die Straße kann noch so leer sein, wenn ich aus dem Haus trete, gibt es einen Massenaufmarsch von Schnorrern, die meilenweit im Umkreis förmlich aus den Straßenschächten hervorspringen.«

»Wenn du nur lernen könntest«, fuhr meine Frau fort, »diese Leute zu übersehen, an ihnen vorbei- oder durch sie hindurchzusehen, sie *nieder*zustarren.« Sie überlegte. »Soll ich dir zeigen, wie man sie behandelt?«

»In Ordnung, zeig's mir! Wir sind da!«

Ich stieß die Fahrstuhltür weit auf, und wir schritten durch die Halle des Royal Hibernian Hotel, um mit zusammengekniffenen Augen in die rußige Nacht hinauszuspähen.

»Jesus, komm und hol mich«, murmelte ich. »Dort stehen sie und warten, die Hälse gereckt und mit brennenden Augen. Sie riechen schon den fetten Braten.«

»Wir treffen uns in zwei Minuten unten bei der Buchhandlung«, sagte meine Frau. »Pass gut auf!«

»Warte!«, rief ich.

Aber sie war schon aus der Tür, die Treppe hinunter und auf dem Trottoir.

Ich passte auf, die Nase an die Glasscheibe gepresst.

Die Bettler von der einen Ecke, von der anderen, von gegenüber, von vor dem Hotel wandten sich startbereit meiner Frau zu. Ihre Augen glühten.

Meine Frau sah sie eine Weile lang ruhig an.

Die Bettler zauderten, und ich war sicher, dass ihre Schuhe dabei knarrten. Dann entspannten sich ihre Glieder. Sie ließen die Lippen hängen. Die Glut in ihren Augen erlosch. Sie ließen die Köpfe sinken.

Der Wind blies.

Mit einem Tat-tat wie das einer kleinen Trommel klapperten die Schuhe meiner Frau forsch davon, wurden leiser.

Von unten aus der Bar hörte ich Musik und Lachen heraufklingen. Ich werde hinunterlaufen, dachte ich, und rasch einen kippen. Doch dann lebte mein Mut wieder auf...

Hol's der Teufel, dachte ich und stieß die Tür weit auf.

Ich hätte genauso gut einmal gegen einen großen mongolischen Bronzegong schlagen können.

Ich glaubte ein gewaltiges Atemholen zu hören.

Dann hörte ich Schuhsohlen über das Kopfsteinpflaster wetzen, als wären es Feuersteine. Die Männer rannten herbei, und Glühwürmchen sprangen unter ihren Nagelschuhen vom Pflaster. Ich sah winkende Hände. Lippen öffneten sich zu einem breiten Lächeln.

Weiter unten in der Straße wartete meine Frau bei der Buchhandlung, den Rücken mir zugewandt. Doch mit ihrem dritten Auge im Hinterkopf muss sie die Szene wahrgenommen haben: der Empfang von Kolumbus durch die Indianer, der heilige Franziskus mit einer Tüte Nüsse unter seinen Freunden, den Eichhörnchen. Einen schrecklichen Augenblick lang kam ich mir vor wie ein Papst auf dem Balkon der Peterskirche, mit einem Tumult oder zumindest doch den Timultys, auf dem Platz unter sich.

Ich war die Stufen noch nicht zur Hälfte hinunter, als die Frau schon hinaufstürmte und mir das ausgewickelte Bündel entgegenstreckte.

»Ach, sehn Sie nur das arme Kind!«, jammerte sie. Ich starrte das Baby an.

Das Baby starrte zurück.

Gott im Himmel, das schlaue kleine Ding blinzelte mir doch nicht etwa zu?

Ich muss den Verstand verloren haben, dachte ich; die Augen des Babys sind geschlossen. Sie hat es mit Bier gefüllt, damit es warm und ruhig zur Verfügung bleibt.

Meine Hände, meine Münzen schwirrten zwischen sie.

»Seien Sie gepriesen!«

»Das *Kind* dankt Ihnen, Sir!«

»Ach, gewiss! Es gibt nur noch wenige von uns!«

Ich brach durch ihre Reihen, rannte weiter. Geschlagen, mein Entschluss wie Wachs in meiner Hand geschmolzen, hätte ich den Rest des Weges langsam schlurfen können, aber nein, ich stürzte weiter, während ich dachte: Das Baby *ist* echt, *oder*? Keine Attrappe? Nein. Ich hatte es oft schreien hören. Hol sie der Teufel, dachte ich, sie kneift es, wenn sie ein Opfer kommen sieht! Zyniker, rief ich mir in Gedanken zu und antwortete: Nein – Feigling.

Meine Frau sah mein Spiegelbild im Schaufenster der Buchhandlung, drehte sich nicht um, nickte bloß.

Ich blieb stehen, schnappte nach Luft und betrachtete finster mein Spiegelbild: die arglosen Augen, den überschwenglichen, wehrlosen Mund.

»Na los, sag's schon«, seufzte ich. »Es liegt an meinem Gesichtsausdruck.«

»Ich liebe deinen Gesichtsausdruck.« Sie hakte sich bei mir ein. »Ich wünschte, ich könnte das auch so.«

Ich schaute mich um und sah, wie einer der Bettler sich mit meinem Geld in die windige Dunkelheit trollte.

»›Es gibt nur noch wenige von uns‹«, sagte ich laut. »Was hat er mit diesen Worten gemeint?«

»›Es gibt nur noch wenige von uns.‹« Meine Frau starrte in die Schatten. »Hat er das gesagt?«

»Es ist etwas, worüber man nachdenken muss. Was sind das für wenige? Und wo gibt es sie noch?«

Die Straße hatte sich geleert. Es begann zu regnen.

»Na schön«, meinte ich schließlich, »ich werde dir also jetzt das vielleicht noch größere Rätsel zeigen, den Mann, der in mir seltsam wilde Wutgefühle weckt, um mich gleich darauf zu einem ungeahnten Glücksgefühl zu beruhigen. Löse sein Rätsel, und du hast das Rätsel aller Bettler dieser Welt gelöst.«

»Auf der O'Connell-Brücke?«, fragte meine Frau.

»Auf der O'Connell-Brücke«, bestätigte ich.

Und wir gingen weiter, hinein in den sanften Nieselregen.

Auf halbem Wege, wir betrachteten gerade schönes irisches Kristall in einem Schaufenster, zupfte eine Frau mit einem Schal um den Kopf an meinem Ellbogen.

»Todgeweiht!«, schluchzte die Frau. »Meine arme Schwester! Krebs, hat der Doktor gesagt, in einem Monat wird sie sterben! Und ich muss die hungrigen kleinen Mäuler stopfen! O Gott, wenn Sie nur einen Penny für mich hätten!«

Ich spürte, wie der Arm meiner Frau sich fester um meinen drückte.

Ich schaute die Frau an, gespalten wie immer, während die eine Hälfte sagte: ›Sie verlangt ja bloß einen Penny!‹, und die andere Hälfte zweifelte: ›Gerissenes Weib, sie weiß genau, dass du ihr mehr gibst, wenn sie so wenig verlangt!‹, und ich mich gleichzeitig für die streitenden Hälften hasste.

Ich schnappte nach Luft: »Sie sind…«

»Was bin ich, Sir?«

Aber, dachte ich, du bist doch die Frau, die gerade mit dem eingewickelten Baby vor dem Hotel gestanden hat.

»Ich bin krank!« Sie zuckte in den Schatten zurück. »Krank vor Weinen um die halb Tote!«

Du hast das Baby irgendwo versteckt, dachte ich, einen grünen statt eines grauen Schals umgelegt und einen langen Bogen geschlagen, um uns hier den Weg zu verlegen.

»Krebs…« Eine Glocke in ihrem Turm, und sie wusste sie zu läuten: »Krebs…«

Meine Frau mischte sich ein: »Entschuldigen Sie, aber sind Sie nicht dieselbe Frau, der wir gerade vor unserem Hotel begegnet sind?«

Die Frau und ich waren gleichermaßen schockiert über diese unerhörte, einer Meuterei gleichkommende Unterstellung. So etwas tat man nicht!

Das Gesicht der Frau knitterte. Ich schaute genauer hin. Und ja, bei Gott, es war ein anderes Gesicht. Ich konnte nicht anders, ich bewunderte sie. Sie wusste, spürte, hatte gelernt, was Schauspieler wissen, spüren, lernen: dass man in einem Moment mit Auftrumpfen, Lautstärke, scharfzüngiger Arroganz einen bestimmten Charakter verkörpert, während man im nächsten mit Bescheidenheit, Nachgeben, Knittern von Mund- und Augenpartie in mitleiderregendem Zusammenbruch ein ganz anderer ist. Dieselbe Frau, ja, aber dasselbe Gesicht und dieselbe Rolle? Ganz offensichtlich nicht.

Sie versetzte mir einen letzten Schlag unter die Gürtellinie: »Krebs!«

Ich zuckte zusammen.

Es war nur ein kurzer Kampf, eine Art sich Lösen von der einen und sich Binden an die andere Frau. Meine Frau verlor meinen Arm, und die andere Frau kam zu meinem Geld. Als hätte sie Rollschuhe unter den Füßen, sauste sie, glücklich schluchzend, um die Ecke.

»Herrgott!« Voller Bewunderung sah ich sie verschwinden. »Sie hat Stanislawski studiert. In einem Buch sagt er, dass es einen völlig verwandelt, wenn man ein Auge zukneift und einen Mundwinkel seitlich herabzieht. Ich bin gespannt, ob sie den Nerv hat, bei unserer Rückkehr wieder vor dem Hotel zu stehen.«

»Und ich bin gespannt«, versetzte meine Frau, »wann mein Mann aufhören wird, dieses Schmierentheater zu bewundern, und anfängt, es als das zu kritisieren, was es ist.«

»Aber was, wenn alles, was sie gesagt hat, wahr wäre? Und sie so lange damit gelebt hat, dass sie nicht mehr weinen kann, und jetzt schauspielern muss, um überleben zu können? Was wenn?«

»Es kann nicht wahr sein«, entgegnete meine Frau langsam. »Ich will es einfach nicht glauben.«

Aber diese einzelne Glocke schlug immer noch irgendwo in der kaminverräucherten Dunkelheit.

»Hier«, sagte meine Frau, »hier ist wohl die Ecke, wo wir zur O'Connell-Brücke abbiegen müssen, nicht wahr?«

»Richtig.« Bei diesem Regen blieb die Ecke wohl noch lange nach unserem Weggehen verlassen.

Da lag die Grausteinbrücke, die den großen Namen O'Connell trug, dort unter ihr rollte das kalte, graue Wasser des Liffey, und noch über einen Häuserblock entfernt hörte ich leises Singen. Im Geist machte ich einen großen Sprung zurück in den Dezember.

»Weihnachten«, murmelte ich, »ist in Dublin die beste aller Zeiten.«

Für Bettler, meinte ich, ließ es aber ungesagt.

Denn in der Woche vor Weihnachten wimmeln die Straßen in Dublin von Kindern – Vogelschwärme, die von Lehrern oder Nonnen gehütet werden. Sie drängen sich in Eingängen, spähen aus Theaterfoyers, schwärmen in Torwege, *God Rest You Merry, Gentlemen* auf den Lippen, *It Came Upon a Midnight Clear* in den Augen, Tambourins in den Händen, Schneeflocken in einem anmutigen Kragen um ihre zarten Hälse. An solchen Abenden wird in Dublin an allen Ecken und Enden gesungen, und es verging kein Abend, an denen meine Frau und ich nicht die Grafton Street hinuntergingen, um zu hören, wie eine Schlange vor einem Kino oder die Leute vor dem Pub ›Zu den vier Provinzen‹ mit einem der schönen alten Weihnachtslieder unterhalten wurden. Alles in allem zählten wir an einem Abend der Weihnachtszeit ein halbes Hundert Gruppen von Mädchen aus Klosterschulen oder Jungen aus Public Schools, die mit ihrem Gesang Girlanden durch die kalte Luft webten, hinauf und hinunter, hinüber und herüber, von einem Ende Dublins zum andern. Wie durch Schneeflocken konnte man auch zwischen ihnen nicht hindurchgehen, ohne berührt zu werden. Die lieben kleinen Bettler nannte ich sie, die dir deine Gaben im Vorbeigehen mit ihren Gaben vergalten.

Bei einem solchen Vorbild wuschen sich sogar die heruntergekommensten Bettler von Dublin die Hände, flickten ihr brüchiges Lächeln, borgten sich ein Banjo oder kauften sich eine Fidel und machten Katzenmusik. Sie sammelten sich sogar zu vierstimmigen Gesängen. Wie konnten sie stumm bleiben, wenn die halbe Welt sang und die andere Hälfte, vom Fluss der Klänge getragen, nur zu freudig bereit war, für nur noch einen Refrain teuer zu bezahlen?

So hatte die Weihnachtszeit für alle ihr Gutes; die Bettler *arbeiteten* – mit falschen Tönen, zugegeben, aber wenigstens einmal im Jahr waren sie *beschäftigt.*

Doch Weihnachten war vorbei, die rabenschwarz gekleideten Kinder von ihrem Ausflug zurück in ihre Vogelkäfige, und die Bettler der Stadt, stillgelegt und froh über die Stille, kehrten zu ihrem arbeitslosen Alltag zurück. Alle außer den Bettlern auf der O'Connell-Brücke, die während des ganzen Jahres, die meisten jedenfalls, eine gewisse Gegenleistung für Spenden zu erbringen versuchten.

»Sie besitzen ihre Selbstachtung noch«, sagte ich, meine Frau führend. »Der erste Mann hier schlägt eine Gitarre, der nächste streicht eine Fidel. Und dort, bei Gott, genau in der Mitte der Brücke!«

»Der Mann, den wir suchen?«

»Er ist es. Der die Konzertina quetscht. Du kannst ruhig hinsehen. Ich glaube es wenigstens.«

»Was meinst du damit, du *glaubst* es? Er ist blind, nicht wahr?«

Diese rohen Worte schockierten mich, als hätte meine Frau etwas Unanständiges gesagt.

Der Regen fiel leise, sanft auf das aus Graustein erbaute Dublin, die grausteingefassten Flussufer, den wie graue Lava dahinfließenden Fluss.

»Das ist ja das Dumme«, sagte ich schließlich. »Ich weiß es nicht.«

Und wir beide sahen im Vorübergehen den Mann an, der da genau in der Mitte der O'Connell-Brücke stand.

Er war nicht besonders groß, hatte etwas von einer säbelbeinigen Statue, geklaut aus einem Garten auf dem Land, und seine Kleider waren, wie die der meisten Menschen in Irland, zu oft vom Wetter gewaschen, seine Haare zu oft von der rußerfüllten Luft beschmutzt, seine Wangen von Bartwuchs verdunkelt; in seinen Ohren sprossen widerborstige Haarbüschel, und sein Gesicht hatte die gerötete Farbe eines Mannes, der zu lange in der Kälte gestanden und zu viel im Pub getrunken hat, um wieder zu lange in der Kälte stehen zu können. Dunkle Gläser bedeckten seine Augen, und man konnte nicht feststellen, was dahinter lag. Schon vor Wochen hatte ich mich zu fragen begonnen, ob seine Blicke mich verfolgten, meine schuldbewusste Eile verwünschten, oder ob nur seine Ohren das Vorbeihuschen eines geplagten Gewissens registrierten. Ich hatte diese schreckliche Angst im Nacken, ich könnte ihm im Vorübergehen die Brille von der Nase reißen.

Aber noch mehr fürchtete ich den Abgrund, den ich vorfinden könnte, in den mein Verstand mit einem grässlichen Aufschrei stürzen könnte. Am besten war's wohl, nicht zu wissen, ob Katzenaugen oder interstellare Leere hinter den rauchgeschwärzten Gläsern lauerte.

Doch selbst dann noch gab es einen besonderen Grund, warum ich nicht von dem Mann lassen konnte.

In Regen, Wind und Schnee hatte ich ihn nun zwei volle Monate lang ohne Hut oder Mütze auf dem Kopf hier stehen sehen.

Er war der einzige Mann in ganz Dublin, der bei Platzregen oder Nieseln stundenlang allein dastand, während das Wasser ihm in die Ohren rann, sein schmutzigrotes Haar durchnässte, es an seinen Schädel klatschte, in Bächen durch seine Brauen rann und über die kohlschwarzen Insektenaugen seiner Brille auf seine regennasse Nase perlte.

Hinunter durch die Gräben in seinen Wangen, die Falten um seinen Mund und herab von seinem Kinn, wie ein Wolkenbruch aus dem Rohr eines Wasserspeiers, strömte der Regen. Sein spitzes Kinn ließ das Wasser wie aus einem aufgedrehten Hahn in die Luft schießen, hinunter auf seinen Tweedschal und den lokomotivfarbenen Mantel.

»Warum trägt er keinen Hut?«, sagte ich plötzlich.

»Nun«, meinte meine Frau, »vielleicht hat er keinen.«

»Er muss einen haben«, erklärte ich.

»Sprich nicht so laut.«

»Er *muss* aber einen haben«, beharrte ich, diesmal leiser.

»Vielleicht kann er sich keinen leisten.«

»Selbst in Dublin ist niemand *so* arm. Jeder hier hat zumindest eine Mütze!«

»Vielleicht hat er Rechnungen zu zahlen, einen Kranken in der Familie.«

»Aber wochenlang, monatelang so im Regen zu stehen und dabei nicht zu wanken, nicht einmal den Kopf zu drehen, den Regen einfach zu ignorieren, das geht über meinen Verstand.« Ich schüttelte den Kopf. »Ich kann mir nur denken, dass das ein Trick ist. Es muss so sein. Das ist eben seine Art, wie die andern Sympathie zu schinden, dich kalt und elend wie er selbst fühlen zu lassen, damit du ihm im Vorbeigehen mehr gibst.«

»Ich wette, dir tut es schon leid, dass du das gesagt hast«, meinte meine Frau.

»Aber ja. Aber ja.« Denn sogar unter meiner Mütze lief mir der Regen über die Nase. »Lieber Gott im Himmel, wie lautet die Antwort?«

»Warum fragst du den Mann nicht selbst?«

»Nein.« Davor hatte ich fast noch mehr Angst.

Dann geschah das Unerwartete, das aber eigentlich zu seiner Gewohnheit passte, barhäuptig im kalten Regen zu stehen.

Einen Moment lang, während wir in einiger Entfernung redeten, hatte er sich still verhalten. Jetzt, als hätte der Regen ihn zu neuem Leben erweckt, begann er seine Konzertina gewaltig zu quetschen. Aus der sich zusammenschiebenden und wieder entfaltenden sechseckigen Quetschkommode presste er eine Serie asthmatischer Töne heraus, die keinerlei Vorbereitung auf das waren, was folgte.

Er öffnete seinen Mund. Er sang.

Die volle, klare Baritonstimme, die über die O'Connell-Brücke klang, fest und sicher, war wundervoll im Ausdruck und sauber geführt, ohne jedes Beben, ohne jeden Schönheitsfehler. Der Mann öffnete nur den Mund, und alle geheimen Türen in seinem Körper sprangen auf. Man konnte es eigentlich nicht Gesang nennen, er ließ seine Seele frei.

»Oh«, sagte meine Frau. »Wie wunderschön.«

»Wunderschön.« Ich nickte.

Wir hörten ihm zu, während er das ganze Spottlied von *Dublin's Fair City* sang, wo es den ganzen Winter lang dreißig Zentimeter im Monat regnet, danach von der Weißwein-Klarheit von *Kathleen Mavourneen*, von *Macushlah* und all den andern müden Liebhabern und Liebsten, Seen und Hügeln, vergangener Herrlichkeit, gegenwärtigem Elend, aber alles irgendwie lebendig und jung, wie frisch gestrichen im leichten, plötzlich-nicht-mehr-Winter-Frühlingsregen. Wenn er dazwischen überhaupt Atem holte, so musste er das durch die Ohren tun, so ununterbrochen erklangen die Melodien, so gleichmäßig folgte ein wohltönendes Wort dem andern.

»Wirklich«, sagte meine Frau, »er könnte auf einer Bühne singen.«

»Vielleicht hat er das mal?«

»Oh, er ist einfach zu gut, hier herumzustehen.«

»Das habe ich auch schon oft gedacht.«

Meine Frau fingerte an ihrer Geldbörse. Ich sah von ihr zu dem singenden Mann, der Regen fiel auf seinen unbedeckten Kopf, strömte durch sein lackglänzendes Haar, sprühte von seinen Ohrläppchen. Meine Frau hatte ihre Geldbörse offen.

Und dann, diese seltsame Perversität: Ehe meine Frau zu ihm treten konnte, fasste ich sie am Ellbogen und führte sie auf der andern Seite von der Brücke herunter. Sie sträubte sich einen Augenblick, sah mich kurz an und kam dann mit.

Während wir am Ufer des Liffey fortgingen, begann er mit einem neuen Lied, einem Lied, das wir oft in Irland gehört hatten. Zurückblickend sah ich ihn, den Kopf stolz erhoben, die schwarzen Gläser dem Guss zugewandt, und aus seinem offenen Mund klang die schöne, klare Stimme:

Ich werde froh sein, wenn du tot in deinem
Grab liegst, alter Mann.
Froh sein, wenn du tot in deinem
Grab liegst, alter Mann.
Froh sein, wenn du tot bist
und Blumen über deinem Kopf wachsen,
denn dann heirat ich deinen Gesellen,
mein Schatz…

Erst später, im Nachhinein, erkennt man, dass man bei allem anderen im Leben, bei der Arbeit an einem Artikel über einen Teil von Irland im regenumspülten Hotel, während man mit seiner Frau zum Essen ging oder durch die Museen streifte, auch ein Auge für die andere Straßenseite und für jene Menschen gehabt hat, die für sich selbst sorgten, die nur dastanden, um zu warten.

Wer macht sich schon die Mühe, sich über die Bettler von Dublin den Kopf zu zerbrechen, zu schauen, zu sehen, zu wissen, zu verstehen? Doch die äußere Schale des Auges sieht, und die innere Schale des Gehirns registriert, und man selbst, gefangen zwischen diesen beiden, ignoriert den kostbaren Dienst, den diese beiden Hälften eines klaren Verstandes dir anbieten.

So kümmerte ich mich und kümmerte ich mich nicht um Bettler. Abwechselnd wich ich ihnen aus oder ging ihnen entgegen.

Ich hörte und hörte doch nicht, ich dachte daran, doch nicht darüber nach:

»Es gibt nur noch wenige von uns!«

An einem Tag war ich sicher, dass dieser steinerne Wasserspeiermann, der auf der O'Connell-Brücke seine tägliche Dusche nahm und dabei irische Oper sang, *nicht* blind war. Und am nächsten Tag war sein Kopf für mich ein finsteres Loch.

Eines Nachmittags stand ich unschlüssig vor einem Tweedladen in der Nähe der O'Connell-Brücke und starrte ins Schaufenster, starrte auf einen

Stapel guter, kräftiger, solider Mützen. Ich brauchte keine neue Mütze. Ich hatte einen lebenslangen Vorrat davon in meinem Koffer, aber ich ging trotzdem hinein, um Geld für eine feine, warme braune Mütze auszugeben, die ich in einem sonderbaren Trancezustand in meinen Händen um und um drehte.

»Sir«, sagte der Verkäufer. »Diese Mütze ist Größe sieben. Ihren Kopf, Sir, würde ich auf siebeneinhalb schätzen.«

»Die passt mir schon. Die passt mir schon.« Ich stopfte die Mütze in meine Tasche.

»Darf ich Ihnen einen Beutel geben, Sir...«

»Nein!« Mit rotem Gesicht, plötzlich voller Misstrauen gegen das, was ich vorhatte, floh ich.

Dort lag die Brücke unter dem leichten Regen. Ich brauchte jetzt nur hinüberzugehen...

In der Mitte der Brücke angelangt, war mein singender Mann nicht da.

An seinem Platz standen ein alter Mann und eine alte Frau und drehten einen großen, alten Leierkasten, der kratzte und hustete wie eine Kaffeemühle, die Glas und Stein verdauen muss, und dabei keine Melodie von sich gab, sondern eine imposante und melancholische Art rostiger Verdauungsstörungen.

Ich wartete auf das Ende der Geräusche, die möglicherweise ein Lied darstellen sollten. Ich knetete die neue Tweedmütze in meinen schwitzigen Händen, während der Leierkasten krächzte, rasselte und dröhnte.

»Hol dich der Teufel!«, schienen der alte Mann und die alte Frau, wütend über ihre Tätigkeit, zu sagen; ihre Gesichter waren von drohender Blässe, ihre Augen glühten durch den Regen. »Oder bezahl uns! Hör zu! Aber wir werden dir keine Melodie vorspielen! Mach dir deine eigene!«, sagten ihre stummen Lippen.

Und während ich da an der Stelle stand, wo der Bettler ohne Mütze gesungen hatte, dachte ich: Warum nehmen sie nicht ein Fünfzigstel von dem Geld, das sie jeden Monat machen, und lassen das Ding stimmen? Wenn ich den Kasten drehte, würde ich wenigstens für mich selbst eine Melodie wünschen! Wenn *du* den Kasten drehtest, antwortete ich mir, aber das tust du nicht. Und es ist offensichtlich, dass sie die Bettlerei hassen, was man ihnen nicht übel nehmen kann, und sich nicht dazu hergeben wollen, als Gegenleistung eine bekannte Melodie zu bieten.

Welch ein Unterschied zu meinem mützenlosen Freund.

Mein *Freund*?

Ich zwinkerte überrascht, trat dann vor und nickte.

»Entschuldigung. Der Mann mit der Konzertina...«

Die Frau hörte mit Drehen auf und funkelte mich an.

»Eh?«

»Der Mann ohne Mütze im Regen.«

»Ah, der!«, schnappte die Frau.

»Ist er heute nicht hier?«

»Können Sie'n denn *sehen*?«, krächzte die Frau.

Sie begann wieder an dem infernalischen Ding zu drehen.

Ich legte einen Penny in die Blechbüchse.

Sie schielte mich an, als hätte ich in die Büchse gespuckt.

Ich legte einen weiteren Penny hinein. Sie hörte auf.

»Wissen Sie, wo er ist?«, fragte ich.

»Krank. Im Bett. Die verdammte Kälte! Wir hörten ihn hustend fortgehen.«

»Wissen Sie, wo er wohnt?«

»Nein!«

»Wissen Sie, wie er heißt?«

»Also, wer soll das schon wissen!«

Ich stand da, fühlte mich ziellos, dachte an den Mann, irgendwo dort in der Stadt, allein. Ich schaute auf die neue Mütze in meinen Händen und kam mir albern vor.

Die beiden alten Leute beobachteten mich beunruhigt.

Ich legte einen letzten Shilling in die Büchse.

»Er wird wieder gesund«, sagte ich, nicht zu ihnen, aber zu irgendjemandem, hoffentlich zu mir selbst.

Die Frau mühte sich mit der Kurbel ab. Der Notenbagger ließ eine Schaufel Glas und Gerumpel in seinem grässlichen Gehäuse fallen.

»Dieses Lied«, fragte ich lahm, »wie heißt es?«

»Sie sind wohl taub!«, schnappte die Frau. »Es ist die Nationalhymne! Wollen Sie nicht die Mütze abnehmen?«

Ich hielt ihr die neue Mütze in meiner Hand entgegen.

Sie durchbohrte mich mit Blicken. »Ihre Mütze, Mann, *Ihre* Mütze!«

»Oh!« Errötend nahm ich meine Mütze vom Kopf.

Jetzt hielt ich in jeder Hand eine Mütze.

Die Frau kurbelte. Die ›Musik‹ spielte. Der Regen rieselte auf meine Stirn, meine Augenlider, meinen Mund.

Auf der anderen Seite der Brücke blieb ich stehen, um die harte, schwierige Entscheidung zu treffen: Welche Mütze sollte ich auf meinen patschnassen Kopf setzen?

Während der nächsten Woche ging ich oft an der Brücke vorbei, doch dort stand immer nur das alte Paar mit seinem höllischen Gerät, oder überhaupt niemand.

Am letzten Tag unseres Aufenthalts wollte meine Frau die neue Tweedmütze zu meinen anderen in den Koffer packen.

»Danke, nein.« Ich nahm sie ihr weg. »Wir wollen sie draußen lassen, auf dem Kaminsims erst mal. Hier.«

An jenem Abend kam der Hoteldirektor mit einer Abschiedsflasche zu uns ins Zimmer. Die Unterhaltung war gut und lang, es wurde spät, im Kamin räkelte sich ein Feuer, groß und lebendig wie ein orangeroter Löwe, in den Gläsern schwappte der Brandy, und plötzlich legte sich einen Augenblick lang Schweigen über den Raum, vielleicht weil wir mit einem Mal die Stille spürten, die in großen, weichen Flocken vor unseren hohen Fenstern herabfiel.

Der Hoteldirektor, sein Glas in der Hand, betrachtete die endlose Spitzenborte, blickte schließlich hinunter auf die mitternächtlichen Steine und sagte leise: »›Es gibt nur noch wenige von uns.‹«

Meine Frau und ich sahen uns an.

Der Hoteldirektor bemerkte unsere Blicke.

»Sie kennen ihn also auch? Hat er es zu Ihnen gesagt?«

»Ja. Aber was hat dieser Satz zu bedeuten?«

Der Hoteldirektor schaute auf all die Gestalten, die dort unten im Schatten standen, und nahm einen kleinen Schluck.

»Zuerst dachte ich, er wollte damit sagen, dass er im Untergrund gekämpft hatte und dass nur noch wenige von der I.R.A. übriggeblieben seien. Aber nein. Oder vielleicht meinte er, dass das Volk der Bettler in einer wohlhabenderen Welt langsam dahinschmölze. Doch auch das konnte es nicht sein. Deshalb glaube ich, er meint vielleicht, dass es nicht mehr viele ›menschliche Wesen‹ gibt, die die Augen aufmachen, erkennen, was sie sehen, und Verständnis dafür haben, dass einer bitten und ein anderer geben muss. Wo doch alle Welt geschäftig hin und her springt und keiner Zeit für seinen Mitmenschen hat. Aber wahrscheinlich ist das nur Quatsch und Unsinn, dummes und sentimentales Geschwätz.«

Er drehte sich halb vom Fenster weg.

»Sie kennen also Es-Gibt-Nur-Noch-Wenige-Von-Uns, nicht wahr?«

Meine Frau und ich nickten.

»Dann kennen Sie auch die Frau mit dem Baby?«

»Ja«, antwortete ich.

»Und die andere mit Krebs?«

»Ja«, antwortete meine Frau.

»Und den Mann, der das Fahrgeld nach Cork braucht?«

»Belfast«, sagte ich.

»Galway«, sagte meine Frau.

Der Hoteldirektor lächelte traurig und drehte sich wieder zum Fenster.

»Und wie steht's mit dem alten Paar mit dem Leierkasten, der keine Melodie spielt?«

»Hat er das je?«, fragte ich.

»Nicht seit meiner Kindheit.«

Ein Schatten legte sich über das Gesicht des Hoteldirektors.

»Kennen Sie auch den Bettler von der O'Connell-Brücke?«

»Welchen?«, fragte ich.

Aber ich wusste, welchen er meinte, denn ich musste sofort zu der Mütze auf dem Kaminsims blicken.

»Haben Sie heute schon die Zeitung gelesen?«, fragte der Hoteldirektor.

»Nein.«

»Darin steht ein Bericht, auf der unteren Hälfte von Seite fünf der *Irish Times*. Anscheinend hatte er es einfach satt. Er warf seine Konzertina über die Brüstung in den Liffey und sprang hinterher.«

Dann war er also gestern wieder da!, dachte ich. Und ich bin nicht hingegangen!

»Der arme Hund.« Der Hoteldirektor lachte hohl. »Was für eine komische, schreckliche Art zu sterben. Diese verwünschte, alberne Konzertina – ich hasse diese Dinger, Sie nicht? –, die auf der ganzen Strecke bis unten wie eine kranke Katze pfeift und keucht, während der Mann hinterherfällt. Ich muss lachen und schäme mich deswegen. Seine Leiche haben sie noch nicht gefunden. Sie suchen noch immer!«

»O Gott!«, schrie ich und sprang auf. »Oh, verwünscht!«

Der Hoteldirektor sah mich neugierig an, überrascht von meiner Anteilnahme. »Sie hätten es nicht ändern können.«

»Ich hätte es! Ich habe ihm nie einen Penny gegeben, nicht einen, niemals! Und *Sie*?«

»Wenn ich so überlege, nein.«

»Aber Sie sind schlimmer als ich!«, protestierte ich. »Ich habe gesehen, wie Sie in der Stadt ganze Händevoll Pennys austeilten. Warum, warum nichts an *ihn*?«

»Ich glaube, ich dachte, dass er übertreibt.«

»Verdammt, ja!« Ich war jetzt ebenfalls ans Fenster getreten, starrte hinunter durch den fallenden Schnee. »Ich hielt seinen kahlen Kopf für einen Trick, der mein Mitleid wecken sollte. Verflixt, nach einer Weile hält man alles für einen Trick! Ich bin an Winterabenden bei strömendem Regen vorbeigekommen, und er stand da und sang, dass ich fror vor lauter Schuldgefühl und ihn hasste wie die Sünde. Ich möchte wissen, wie viel andere Menschen froren und ihn hassten, weil er ihnen das antat? Und so blieb seine Büchse ständig leer. Ich habe ihn mit den anderen in einen Topf geworfen. Aber vielleicht war er ja einer von den Ehrlichen, den erst kürzlich Verarmten, die in diesem Winter zum ersten Mal auf die Straße mussten, noch nie vorher gebettelt hatten, der seine Kleider versetzen muss, um einen hungrigen Mund zu füttern, und plötzlich als Mann ohne Hut im Regen dasteht.«

Der Schnee fiel jetzt dichter, verschleierte die Laternen und die reglosen Gestalten im Schatten der Laternen dort unten.

»Wie soll man sie denn unterscheiden?«, fragte ich. »Wie kann man erkennen, wer ehrlich ist und wer nicht?«

»In Wirklichkeit«, erwiderte der Hoteldirektor ruhig, »kann das keiner. Es gibt keinen Unterschied zwischen ihnen. Einige von ihnen sind länger dabei als die anderen und sind gerissen geworden, haben vergessen, wie alles vor langer Zeit angefangen hat. An einem Sonnabend hatten sie noch zu essen. An einem Sonntag nicht mehr. An einem Montag baten sie um Kredit. An einem Dienstag borgten sie sich ihr erstes Streichholz. Am Donnerstag eine Zigarette. Und ein paar Freitage später fanden sie sich, Gott weiß wie, vor einem Gebäude mit Namen Royal Hibernian Hotel wieder. Sie könnten Ihnen nicht erklären, was oder wie es geschehen ist. Eines ist jedoch sicher: Sie alle hängen mit den Fingerspitzen an einem Felsvorsprung. Armer Kerl, jemand muss dem Mann auf der O'Connell-Brücke auf die Finger getreten haben, und er gab einfach den Geist auf und fiel hinunter. Und was beweist das jetzt?

Man kann sie nicht durch Anstarren oder Wegsehen zum Verschwinden bringen. Man kann nicht fortlaufen und sich vor ihnen verstecken. Man kann nur allen etwas geben. Sobald man Trennlinien zu ziehen beginnt, wird man einem weh tun. Jetzt tut es mir leid, dass ich diesem blinden Sänger nicht jedes Mal, wenn ich vorbeiging, einen Shilling gegeben habe. Nun ja. Wir wollen uns trösten und hoffen, dass es nicht am Geld gelegen hat, sondern dass etwas in seiner Familie oder in seiner Vergangenheit ihm den Rest gegeben hat. Es gibt keine Möglichkeit, das herauszufinden. Die Zeitung nennt keinen Namen.«

Schnee fiel stumm über unser Blickfeld. Unten warteten die dunklen Gestalten. Es war schwer zu sagen, ob der Schnee, der sanft ihre Schultern, ihre

Rücken, ihre Hüte und Schals bedeckte, Schafe aus Wölfen oder Schafe aus Schafen machte.

Einen Augenblick später, im gespenstisch quietschenden nächtlichen Fahrstuhl, fand ich die neue Tweedmütze in meiner Hand.

Ohne Jackett und in Hemdsärmeln trat ich hinaus in die Nacht.

Dem ersten Mann, der auf mich zutrat, gab ich die Mütze. Ich habe nie erfahren, ob sie passte. Alles Geld, das ich in den Taschen hatte, war bald ausgeteilt.

Wieder allein und fröstelnd, warf ich zufällig einen Blick nach oben. Wie angewurzelt blieb ich stehen und blinzelte durch den treibenden, treibenden, den lautlos treibenden, blind machenden Schnee hinauf. Ich sah die hohen Hotelfenster, die Lichter, die Schatten.

Wie ist es dort oben?, dachte ich. *Brennen die Kaminfeuer? Ist es dort warm wie mein Atem? Wer sind alle diese Leute? Trinken sie? Sind sie glücklich?*

Wissen sie überhaupt, dass ich HIER *bin?*

Ray Bradbury im Diogenes Verlag

Fahrenheit 451

Roman. Aus dem Amerikanischen
von Fritz Güttinger

Fahrenheit 451 ist die Temperatur, bei der »Bücherpapier Feuer fängt und verbrennt«. In Ray Bradburys Zukunftsvision ist die Feuerwehr nicht mehr mit Wasserspritzen ausgerüstet, sondern mit Flammenwerfern, die genau diesen Hitzegrad erzeugen, um die letzten Zeugnisse individualistischen Denkens – die Bücher – zu vernichten. Da beginnt der Feuerwehrmann Guy Montag, sich Fragen zu stellen... Die beängstigende Geschichte von einer Welt, in der das Bücherlesen mit Gefängnis und Tod bestraft wird, ist ein zeitloses Plädoyer für das freie Denken.

»Die Unterdrückung der Phantasie oder aller Bücher ist ein Aspekt der konformistischen Gesellschaft, der auch von anderen Autoren erwähnt wird, aber für Bradbury ist sie eine Spezialität. Von allen Höllen des Konformismus, die in der Science-Fiction vorkommen, ist keine mit so viel Können beschrieben wie bei Bradbury.« *Kingsley Amis*

»Eines der überzeugendsten Beispiele jener Romanform, in der ein Zeitgenosse im Besitze jener Darstellungskraft erscheint, mit welcher die visionäre Kulturkritik in den Bereich der literarischen Kunst erhoben wird.«
Neue Zürcher Zeitung

»Ray Bradbury gehört zu den phantasiebegabtesten Schriftstellern überhaupt.«
Antenne Brandenburg, Potsdam

»Einer der größten Visionäre.« *Aldous Huxley*

Auch als Diogenes Hörbuch erschienen,
gelesen von Rufus Beck

Der illustrierte Mann

Erzählungen. Deutsch von Peter Naujack

In *Der illustrierte Mann* steht ein Mann im Mittelpunkt, dessen ganzer Körper tätowiert ist. Aus diesen Tätowierungen hat Ray Bradbury eine Folge von achtzehn Geschichten über diese und andere Welten komponiert, mit Bildern, die so scharf sind wie die Nadel des Tätowierers und so farbig wie die Tinte, die in die Haut eingebracht wird.

»Ray Bradbury unterscheidet sich von allen andern Science-Fiction-Autoren dadurch, dass er ein Dichter ist. Er hat Visionen; das endet dann beklemmender als eine Geschichte von Edgar Allan Poe. Es gibt Geschichten, bei denen könnte einen der Schlaf fliehen: etwa jene von der wartenden Stadt… aber wozu erzählen? Kauft! Es ist, als habe der Erfindungsreichtum dieses Mannes keine Grenzen.«
Richard Kirn / Frankfurter Neue Presse

»Geschichten, die sich der simplen Schwarzmalerei durch die Radikalität verweigern, mit der sie ständig ihre Perspektiven wechseln. Seine Geschichten sind wie Labyrinthe gebaut, wie Spiegelkabinette, in deren tausendfacher Reflektion das Urbild, das Original verschwunden ist. Seine Sätze entwickeln sich wie die Drehungen eines Kaleidoskops: Es geht hier nicht um den großen Bogen oder die raffinierte Konstruktion, keine der Stories ist bloß auf eine effektvolle Pointe aus. Man folgt ihrem Lauf wie dem eines kleinen Baches, der im Sonnenlicht glitzert.«
Süddeutsche Zeitung, München

Die Mars-Chroniken

Roman in Erzählungen
Deutsch von Thomas Schlück

»Diese Geschichte einer Folge von Reisen, die Erdbewohner zum Mars bringen – Raumfahrer, dann Pio-

niere, darauf Spinner und schließlich die Überlebenden des letzten Weltkriegs auf der Erde –, ist zu einem Klassiker der Science-Fiction geworden.«
The New York Times Book Review

»Auch wenn alles andere, was er geschrieben hat, verschwände, wäre Bradbury allein schon wegen der *Mars-Chroniken* eine wichtige Figur in der Geschichte der Science-Fiction.« *Isaac Asimov*

»Ich glaube, ich habe alles gelesen, was Ray Bradbury je geschrieben hat. *Die Mars-Chroniken* wollte ich verfilmen, seit ich das Buch gelesen habe. Ich bin ein Science-Fiction-Fan. Eigentlich interessieren mich nur übernatürliche und phantastische Geschichten. Das ist meine Religion.« *Federico Fellini*

Auch als Diogenes Hörbuch erschienen,
gelesen von Rufus Beck

Space Opera

in drei Leinenbänden in Kassette
Enthält: *Fahrenheit 451,*
Die Mars-Chroniken, Der illustrierte Mann

Ray Bradbury ist der Zauberer der Literatur. Er wirft Buchstaben in seinen Zylinder und zieht nicht nur Geschichten und Bilder heraus, sondern ganze Welten – ob er die Vision einer totalitären Welt entwirft, in der Jagd auf Bücher gemacht wird *(Fahrenheit 451)*, die Kolonisierung des Mars beschreibt *(Die Mars-Chroniken)* oder einen Mann erfindet, dessen Tätowierungen Geschichten erzählen *(Der illustrierte Mann)*. Ray Bradburys drei weltberühmte Kultbücher sind jetzt in revidierten Neuausgaben zu entdecken.
Andere Autoren können, wenn sie Glück haben, am Ende ihres Lebens auf ein mehr oder weniger umfangreiches Gesamtwerk zurückblicken, aus dem ein Hauptwerk heraussticht, das weltweit gelesen wird. Bei Ray Bradbury sind es gleich drei Bücher, die bereits bei Erscheinen als moderne Klassiker gefeiert wur-

den, seit Jahrzehnten die Phantasie von Lesern aus der ganzen Welt anregen und Filmemacher und Schriftsteller wie François Truffaut, Federico Fellini oder Stephen King inspirierten.

»Ray Bradbury wird als Meister der Science-Fiction gefeiert. Aber er ist kein typischer Science-Fiction-Autor, auch wenn er SF als ›wunderbares Werkzeug‹ betrachtet. Bradbury ist ganz einfach ein Autor, der die Räume, die die literarische Phantasie erschlossen hat, konsequent mit seinen Schöpfungen besiedelt.«
Die Welt, Berlin

Ausgewählte Erzählungen

Herausgegeben von Daniel Keel und Daniel Kampa

»Ich kann es kaum glauben, dass ich in meinem Leben so viele Kurzgeschichten geschrieben habe«, so Ray Bradbury, der die Zahl selbst nicht mehr überblicken kann – sie wird auf über 500 geschätzt. Bei seinen Lesern und Kritikern kommt zur Verwunderung über die große Zahl jene über die Qualität hinzu. Und noch mehr wundern kann man sich über die große Bandbreite an Themen, die Bradbury, von seinen Anfängen in den frühen vierziger Jahren bis heute, zu spannenden Geschichten verarbeitet hat: schwarze oder goldene Visionen der Zukunft, poetische Reminiszenzen an längst vergangene Zeiten oder an die unschuldigen Jahre der Kindheit, Geschichten, die in Irland, Mexiko oder auf dem Planeten Mars spielen, Sciencefiction-, Fantasy-, Liebes-, Weihnachts- oder Künstlergeschichten. Ray Bradbury, einer der phantasiebegabtesten Schriftsteller überhaupt, ist ein Meister der *short story* – in dieser schönen Geschenkausgabe sind 25 seiner besten Geschichten versammelt.

»Mit seinen Erzählungen gewann Ray Bradbury ein Terrain, auf dem er nicht nur einer unter vielen, sondern der absolute Meister ist, Meister einer Literaturgattung, der die Gegenwart gehört und wahrscheinlich auch die Zukunft.« *Die Welt, Berlin*

Das Böse kommt auf leisen Sohlen

Roman. Deutsch von Norbert Wölfl

Zwei neugierige Jungen, die das Verschwinden eines Mannes aufzuklären versuchen, entdecken das dunkle Geheimnis eines Karussells, in dem auf zerstörerische Weise in das Leben der Fahrgäste eingegriffen wird. Ihre Entdeckung bleibt nicht unbemerkt: Auf leisen Sohlen, aber unerbittlich werden die Jungen vom Bösen verfolgt und in die Enge getrieben.

»Ein Roman des Dunkels. Es geht um den Reifeprozess von Jugendlichen, um das Zusammentreffen von Bösem und Unschuld, nicht um das simple Böse oder die simple Unschuld, sondern um deren Verquickung. *Das Böse kommt auf leisen Sohlen* gehört zu Bradburys besten Werken, es demonstriert seine Meisterschaft des Phantastischen.« *Los Angeles Times*

»Ray Bradbury ist als der unangefochtene Großmeister jener literarischen Viererbande, zu der noch Stephen King, Peter Straub und Shirley Jackson zählen, einer der bedeutendsten Schriftsteller des ›American Gothic‹, also der das Reich der unheimlichen Literatur im zwanzigsten Jahrhundert dominierenden Strömung, deren heimliches Kronjuwel, *Das Böse kommt auf leisen Sohlen,* er 1962 geschaffen hat. Als gefeierter Erzähler wird er weit über den Kundenstamm der Leser phantastischer Literatur hinaus geschätzt.«
Frankfurter Allgemeine Zeitung

Der Tod ist ein einsames Geschäft

Roman. Deutsch von Jürgen Bauer

Venice, Kalifornien, 1949. Das große Vergnügungsviertel wird abgerissen. Schon ist die Achterbahn dem Abrissbagger anheimgefallen, und das Theater, das

einst mit den flimmernden Bildern von Chaney und Fairbanks erfreute, trägt zwei Fuß hoch über dem Eingang nur noch ein Wort: *Goodbye.* Der Tod ist überall. Im Kanal wird eine Leiche gefunden, in einer Absteige eine zweite. Am anderen Ende der Stadt ist die alte Dame, die einst Kanarienfutter verkaufte, tot; tot, wie die dreihundert Pfund schwere Diva Fannie Florianna. Alle vier könnten eines zufälligen, natürlichen Todes gestorben sein, aber zumindest zwei Leute sind sich dessen nicht so ganz sicher ...
Ein brillanter Kriminalroman, eine Hommage an Chandler und Hammett und an das Kino der 1930er Jahre, zugleich ein wehmütiger Blick zurück.

»Und wieder zaubert Ray Bradbury die Dinge hinter den Dingen hervor, so wie er seit Jahrzehnten das Unheimliche, düster Groteske beschwört. Umflattert von den Geistern Edgar Allan Poes, begnadet mit dem Gemüt eines Walt Disney, ist er schon fast eine Legende aus dem Land der unbegrenzten Möglichkeiten. Als Altmeister der Science-Fiction, als Großmagier des Phantastischen wird er weltweit geschätzt, und gewaltig ist sein Stoff, aus dem die Alpträume sind.«
Gunar Ortlepp / Der Spiegel, Hamburg

»Dagegen kommt einem der unheimliche Edgar Allan Poe vor wie der Betreiber einer gemütlichen Geisterbahn.« *Frankfurter Neue Presse*

Schneller als das Auge

Erzählungen
Deutsch von Hans-Christian Oeser

Die Stories von Ray Bradbury aus den späten 1990er Jahren sind Science-Fiction-Geschichten, Satiren, Kriminalkomödien und Schauermärchen, in erster Linie aber psychologische Erzählungen. Darin geht es um Krisen, schwierige Übergänge und um die allerletzten Dinge – Liebe und Tod.

Ein Mädchen rennt vor ihrem 17. Geburtstag und ihrem ersten Kuss davon in einen finsteren Wald – und kommt verwandelt zurück. Ein einsamer Soldat kehrt nach Kriegsende in die Heimat zurück, verirrt sich in die Leihbibliothek und ins Labyrinth einer großen Liebe. Ein altes Paar spielt ein mörderisches Catch-as-catch-can und schöpft daraus neue Lebenskraft.
21 geheimnisvolle Geschichten über moderne Menschen in Not, die in höchster Gefahr oder kurz vor dem Abgleiten in Resignation oder Tod das dünne Seil der Phantasie packen und sich in ihre langgehegten Träume hinüberschwingen.

»Die Geschichten aus *Schneller als das Auge* sind wie eine pralle Handvoll Edelsteine und zeugen von höchster Erzählkunst.« *San Francisco Chronicle*

»Es soll Menschen geben, die haben nicht vergessen, wie es war, als Realität und Phantasie eins waren. Damals, als es den Unterschied zwischen Traum und Wirklichkeit nicht gab, als sie noch Kind waren. Wenn es diese Menschen tatsächlich gibt, dann ist Ray Bradbury einer von ihnen.«
Kirsten Einfeld / Süddeutsche Zeitung, München

Hinterhältige Weihnachten im Diogenes Verlag

Früher war nicht nur mehr Lametta, sondern irgendwie türmten sich auch höhere Stapel von Geschenken unter dem Weihnachtsbaum...

Früher war mehr Lametta

Hinterhältige Weihnachtsgeschichten
Herausgegeben von Daniel Keel und Daniel Kampa

Endlich macht Weihnachten wieder Spaß: die hinterhältigsten Weihnachtsgeschichten der besten Erzähler. Mit Loriots *Adventsgedicht* als Zugabe.

»Loriot, Doris Dörrie, Axel Hacke, Ingrid Noll – sie alle haben nicht nur Gutes vom Fest zu erzählen. In amüsanter Weise darf sich hier jeder Weihnachtsmuffel verstanden fühlen.« *Cosmopolitan, München*

Ausgewählte Geschichten auch als
Diogenes Hörbuch erschienen, gelesen von
Uta Hallant, Anna König und Martin Suter

Früher war noch mehr Lametta

Hinterhältige Weihnachtsgeschichten
Herausgegeben von Daniel Kampa

Zum Glück gibt es dieses Jahr zum Feste wieder nur das Beste – an hinterhältigen Weihnachtsgeschichten: von Doris Dörrie, Alice Munro, Axel Hacke, Loriot, Helmut Qualtinger, Muriel Spark, David Sedaris, Raymond Carver, Jonathan Franzen, Italo Calvino, Siegfried Lenz, Martin Suter, Reiner Zimnik und nicht zuletzt John Updike und Roland Topor.

»Ein Riesenspaß, nicht nur zum Fest.«
Rostocker Sonntag, Rostock

Ausgewählte Geschichten auch als Diogenes Hörbuch
erschienen, gelesen von Anna König, Hans Korte,
Martin Suter und Cordula Trantow

Früher war noch viel mehr Lametta

Hinterhältige Weihnachtsgeschichten
Herausgegeben von Daniel Kampa

»Schon seit Beginn der Woche achtundvierzig steht auf dem Empfangspult ein Adventsgebinde, das die Rezeptionistin möglicherweise selbst gesteckt hat... Schläfli will es nicht wissen! Zu Beginn der Woche neunundvierzig spiegelt sich dann auch prompt die erste Kerze so festlich in den erwartungsvollen Augen der Rezeptionistin, dass Schläfli nicht umhin kann, eine Bemerkung zu machen. ›Ah, jede Kerze anders‹, murmelt er und rettet sich in den Lift. Mein Gott, auch noch jede Kerze anders!, denkt er angewidert. Für den Rest der Woche gelingt es ihm dann aber einigermaßen, die Anzeichen auf die Woche zwoundfünfzig zu ignorieren.« Aber auch Martin Suters Held Schläfli muss schließlich kapitulieren, denn alle Jahre wieder... ist kein Entrinnen. Zum Glück gibt es für alle Weihnachtsmuffel wieder neue hinterhältige Weihnachtsgeschichten von Friedrich Dürrenmatt bis Doris Dörrie.

Ausgewählte Geschichten auch als
Diogenes Hörbuch erschienen, gelesen von
Claus Biederstaedt und Anna König

Früher war mehr Bescherung

Hinterhältige Weihnachtsgeschichten
Herausgegeben von Daniel Kampa

»Es gibt tatsächlich Menschen, die Weihnachtsfeste veranstalten. Ist das komisch!«, hat sich schon Gustave Flaubert gewundert. Was würde er wohl vom heutigen Geschenkwahn halten, der uns jedes Jahr in Trab hält. Kompletter Irrsinn! (Es sei denn, man kauft Bücher und unterstützt so Buchhandel und Verlage.) *Früher war mehr Bescherung* ist mehr als ein neuer Band mit garantiert hinterhältigen Weihnachtsgeschichten... Es ist schlicht das perfekte Geschenk für alle, die nichts wollen oder schon alles haben.